MAURICE BARRÈS

DE HEGEL

aux

CANTINES DU NORD

Avec une Préface et des Notes d'E. Nolent

TROISIÈME ÉDITION

PARIS

BIBLIOTHÈQUE INTERNATIONALE D'EDITION

E. SANSOT et Cⁱᵉ

53, RUE SAINT-ANDRÉ-DES-ARTS, 53

1904

DE HEGEL

AUX

CANTINES DU NORD

MAURICE BARRÈS

DE HEGEL

aux

CANTINES DU NORD

Troisième édition

PARIS

BIBLIOTHÈQUE INTERNATIONALE D'ÉDITION

E. SANSOT & Cie

53 — Rue Saint-André-des-Arts — 53

1904

Tous droits réservés

Mon cher Nolent,

Cette petite étude, publiée en 1894,
dans le moment où paraissait Du
Sang et que je dirigeais la Cocarde,
vous croyez que certaines personnes
la liraient avec intérêt ? Reprenez-la
donc. Je n'y ai pas de gêne. La pensée
est chose vivante, c'est-à-dire à la fois
continue et mouvante..... Vraiment,
ces pages anciennes sont encore lisi-
bles ? Chargez-vous du moins de les
éclairer comme vous jugerez conve-
nable.

Oui prenez, cela va de soi, dans l'ancienne Cocarde tout ce qui convient, à votre jugement, pour éclairer nos préoccupations d'une période antérieure, il faut le rappeler, à la fameuse Affaire Dreyfus.

Amicalement votre

MAURICE BARRÈS.

Novembre 1904.

PRÉFACE DE L'ÉDITEUR

A la page 492 des *Scènes et Doctrines*, M. Maurice Barrès, en publiant ses *Notes sur les idées fédéralistes*, disait : « Peut-être aurait-on pu réunir à la suite de ces pages certains articles intitulés : *De Hegel aux Cantines du Nord*. On les trouverait dans le *Journal* des 30 novembre 7 et 14 décembre 1894. »

Ces articles marquent en effet une date dans le développement de M. Maurice Barrès. Leur titre, un peu énigmatique, ne se rapporte pas à un événement obscur, maintenant oublié ; il indique seulement qu'à cette époque de sa vie, M. Barrès était frappé déjà, comme il le sera plus tard encore davantage, des rapports certains entre les théories les plus sereines et les audacieuses et décisives pratiques. C'est à ce moment exact de 1894, que M. Barrès marque, pour le public, le passage du simple

dilettantisme à des affirmations, l'abandon
des simples curiosités pour la rédaction d'un
programme et l'entreprise d'une action.

Ceux qui savaient lire, M. Paul Bourget, par
exemple, avaient depuis longtemps, semble-t-
il, prévu cette évolution de l'Homme Libre. Le
dilettantisme de début n'était, chez M. Barrès,
qu'un stoïcisme. On y voit une résignation
philosophique au destin, et cette résignation
est de la même nuance que le déterminisme
socialiste des articles qu'on va relire et que le
déterminisme nationaliste des *Scènes et Doctrines ;* et c'est par le même procédé d'obéis-
sance à la loi naturelle, que le philosophe
réalise le perfectionnement du moi et celui de
la société.

Pour justifier ce développement, la sub-
tile dialectique de Hégel devait séduire
M. Barrès. Sa pensée, curieuse des lents chan-
gements du réel, aime à se mouvoir dans un
harmonieux et rythmique balancement. La
thèse, l'antithèse et la synthèse où s'éleva
tour à tour et progressivement sa doctrine
semblent avoir emprunté à Hégel autre chose
que des noms de baptême, et le culte du moi,
en devenant la religion des Ancêtres et de la
Patrie, n'obéit pas seulement aux procédés
logiques du philosophe wurtembergeois. On
y retrouve une des thèses favorites de l'obscur métaphysicien : le passage de l'esprit
subjectif à l'esprit objectif, de la vie à la
pensée, de la pensée à la liberté. Si M. Barrès
a réalisé dans son œuvre une des idées les
plus profondes de Hégel, si, s'abandonnant
au *to fieri*, il fit apparaître en lui-même la
norme de la nature qui se meut entre d'iden-
tiques contradictoires, si son talent de penseur, si pénétrant dans {la critique, d'une
force si sereine dans l'affirmation, fut une

confirmation de la doctrine qui identifie le réel et le rationnel, nous ne nous étonnerons plus, comme M. Mirbeau, qu'il ait cherché à marquer l'influence d'une doctrine rendue française par Cousin et Renan, sur la philosophie sociale qu'il étudiait de préférence vers 1894.

Aussi bien, s'il faut rassurer M. Mirbeau (v. note 1) contre l'exotisme des doctrines de M. Barrès, nous remarquerons que les trois articles que nous republions, aboutissent à la glorification d'un penseur français. Ces trois articles sont hegéliens. Ils opposent Marx et Bakounine comme thèse et antithèse, et Proudhon concilie l'antinomie. Proudhon, contre la pensée allemande, et surtout contre Marx qui l'exècre, c'est déjà un bastion de l'Est, et opposer sa méthode jurassienne et française au collectivisme figé et géométrique du penseur allemand, c'est aussi défendre nos frontières. Exalter Proudhon, c'était au point de vue intellectuel, mener une campagne parallèle à la campagne contre les ouvriers étrangers.

Dans ces articles, le procédé d'exposition n'est pas historique. Temporellement, Bakounine est postérieur à Proudhon et lui doit presque toute sa doctrine. Mais il fallait montrer où conduit la logique trop simple, qui ne se préoccupe pas du cours des événements, et faire saisir les pointes extrê- mes des doctrines sociales contemporaines. Il ne s'agissait donc point d'un exposé érudit et précis. M. Barrès, comme tous ceux qui sont capables de penser personnellement, ne retient des thèses qu'il étudie, que ce qu'il peut utiliser.

De l'hégelianisme, ce qui le frappe, c'est la méthode à coup sûr, c'est aussi la justification rationnelle de l'historisme, qu'il aurait pu déduire d'une autre doctrine, du comtisme par exemple. Car, quand il rejette avec mauvaise humeur l'idéalisme absolu, il emprunte à l'hégélianisme une doctrine de la relativité et de l'histoire, qui était exactement la doctrine de Comte, « respirée » peut-être, par M. Barrès, dans l'air ambiant.

Quelques notes, que M. Barrès, occupé à des travaux plus pressants m'a laissé l'honneur d'écrire, montreront comment c'est bien Hégel qui est le précurseur du socialisme moderne ; cette brève introduction indiquera quelles idées socialistes il a inspirées a M. Barrès.

Le socialisme de M. Barrès, il en faut chercher la formule dans ce délicieux petit manuel, où se mélangent de si étrange façon l'intellectualité et la sensibilité, et où sont éclairées de traits si lumineux, la physionomie des grands socialistes français et allemands, « l'Ennemi des Lois ». Parmi ses déclarations devant ses juges, le professeur anarchiste André Maltère, qu'il ne faudrait pourtant pas confondre avec Maurice Barrès, déclare : « Je « m'accuse de désirer le libre essor de toutes « mes facultés et de donner un sens complet « au mot existence. Nulle dépendance, une « vie aisée, l'entière harmonie avec les élé-« ments, avec les autres hommes et avec « notre rêve, voilà quel besoin m'agite, et de « le satisfaire, c'est toute ma conviction ». — On voit déjà comment le goût de la transformation sociale, le sens du devenir peut s'accorder avec l'attachement de M. Barrès à ses traditions, déjà si manifeste dans « l'Homme libre. » Sa notion du devenir, empruntée à Hegel, mais profondément appropriée, n'est-ce pas la sensibilité même du poète de Venise, du délicat historien de Bérénice, dont la vie se devait appeler (les barrésiens s'en souviennent), *Qualis artifex pereo!* — La tradition, pour M. Maurice Barrès, ce n'est pas précisément l'héritage et le bagage dont nous devons nous énorgueillir, ou du moins, si c'est cela, c'est encore et surtout *une énergie qu'il nous faut employer, une direction qu'il nous faut suivre, un poids qu'il nous faut subir.*

Nous sommes déterminés par nos ancêtres : Est-ce la sensibilité de Rousseau qui fait préférer à M. Barrès, les réformateurs français aux réformateurs allemands, et parmi les français, Fourier? Est-ce elle encore qui lui faisait proclamer qu'il ne faut peut-être pas contraindre les penchants de l'homme, mais leur adapter la forme sociale? Est-ce elle aussi qui lui défendait d'admettre un socialisme qui réduirait les idéologues au parti du ventre, et qui l'empêche de concevoir le bonheur futur « sous l'aspect d'une kermesse », de « rétrécir son ardeur vers l'idéal à une campagne pour le ventre »? Est-ce elle qui lui fait remarquer dans l'individu, la profonde tendance à se solidariser dans un groupe? (v. art. du 13 février 1894.) Quelques articles de la *Cocarde* reproduits dans un appendice à cette édition pourront résoudre ces questions.

Un mot encore, et très bref. (Car j'ai regret de retarder pour le lecteur le plaisir de la lecture par tant de commentaires superflus). Cet article essaye une conciliation entre l'individualisme et le collectivisme. Cette synthèse, que M. Maurras déclare, dans un article récent de l'*Action française* (1), impossible au point de vue nationaliste, est fait ici par le fédéralisme. Le fédéralisme donne à tous une

____

(1) Action française, 1er octobre 1904.

patrie : par la liberté de s'exprimer qu'il rend à nos diversités, il nous permet de respecter les différences des autres ; par le contrat qu'il suppose, il sauvegarde nos droits. Car il ne s'agit pas ici du « contrat social » de Rousseau, fait historique, où chacun abandonne la totalité de ses droits, mais d'un contrat « idéal juridique », qui les précise et les fait valoir (v. note 2). La liberté d'ailleurs permettra peut-être une organisation collectiviste ; mais surtout qu'on respecte la liberté ! « Pour les choses du ventre, chacun subissant les mêmes nécessités, une règle composée d'après les besoins de la majorité, serait avec avantage substituée au désordre économique actuel. Mais ces impérieux socialistes ne mettraient-ils pas aussi l'autorité au service des façons de voir de la majorité. Les dissidents devront-ils se courber ? Détruira-t-on les acquisitions du passé, honnies de la masse, mais qui enchanteraient encore quelques individus ? Et avec ces retardataires, excommuniera-t-on les esprits d'avant-garde ?... Société tracée au cordeau ! Vous offrez l'esclavage à qui ne se conforme pas aux définitions du beau et du bien adoptées par la majorité. Au nom de l'humanité, comme jadis au nom de Dieu et de la Cité, que de crimes s'apprêtent contre l'individu ? »

Ces paroles étaient prophétiques, et bien que l'histoire des *Déracinés* soit passée, de son désir de fédéralisme, à la critique d'une société centralisée, et au désir d'un ordre social plus strict quoique libéral, il les signerait encore. — Point d'intolérance ni de dûreté : « Toute souffrance mérite nos soins, comme toute utopie notre curiosité. »

Eugène Nolent.

CHAPITRE Ier

LA PENSÉE PLUS FORTE QUE LE PENSEUR

Henri Heine nous montre la vie mécaniquement réglée du philosophe Kant, toujours vêtu de son habit gris, se levant, buvant le café, écrivant, faisant son cours, dînant, se promenant, le tout à heure fixe pendant trente années. Puis soudain Heine s'interrompt et s'écrie : « En vérité, si les bourgeois de Kœnigsberg avait pressenti toute la puissance destructive de la pensée d'Emmanuel Kant, ils auraient éprouvé, devant cet homme un frémissement bien plus horrible qu'à la vue du bourreau qui ne tue que des hommes. »

Mais ce n'est pas seulement de ses concitoyens que celui qui porte la révo-

2

lution dans son esprit peut être ignoré. Lui-même, j'admets qu'il ignore les conséquences de ce qui se forme dans son esprit. Du syllogisme qui va naître de lui, il ne peut ni diriger, ni anéantir les conclusions. Un principe a ses destinées qui sont mystérieuses.

Celui qui émet une idée déjà n'en est plus le maître. A peine formulée, elle est une force qui veut épanouir tout ce qu'elle enferme d'efficacités, voire de contradictions. Le philosophe le plus conscient a la vue trop courte pour suivre les lointains ébranlements dont il est le point de départ. Et non seulement il ne peut calculer les effets, mais pas même la direction de sa pensée. Quelle courbe décrira-t-elle dans le monde ? Où s'insinuera-t-elle ? Comment se combinera-t-elle ?

Si elle se transforme en faits, que va-t-elle saccager ? Peut-être les idoles les plus chères au penseur. On a vu telle idée se retourner contre celui qui l'avait conçue.

Ah ! ne me parlez plus d'amour, de voyages romanesques, ni de domination. En vérité, pour nous émouvoir, rien ne vaut ce drame abstrait, ce mystère dans l'impalpable.

Vers 1800, un jeune Allemand, professeur dans une famille de Francfort, entrevit les développements par lesquels l'univers arrive à prendre conscience de soi. C'était Hegel, âgé de trente ans. A Iéna, il fut autorisé à faire des cours libres. Quatre auditeurs les suivaient. On était gêné par sa gaucherie d'orateur et par l'ampleur et la subtilité de son raisonnement.

En outre, Napoléon distrayait l'Allemagne.

Cependant, l'idée du pauvre professeur déclancha sans bruit l'enthousiasme. Parlant du premier livre où Hegel affirme son système, son disciple Strauss s'écrie dans un mouvement admirable : « C'est là que, montant sur un navire bâti de ses propres mains, notre maître est parti pour faire le tour du monde. »

Pour le tour du monde, en effet ! A Roubaix, à Vierzon, à Carmaux, à Rive-du-Giers, dans les plus tristes cantines

du Borinage, parfois en écoutant, le
soir, un prêche socialiste, à telle phrase
de l'orateur et sur sa méthode historique, nous reconnûmes des fragments et
la dialectique même du professeur à
Iéna.

Exode singulier qu'après tant d'années, et dans des classes si différentes,
les doctrines mystérieuses de la chaire
d'Iéna réapparaissent, mais, transformation plus singulière encore, ces idées,
qu'avaient accueillies avec transport,
comme des armes de défense, les
conservateurs prussiens, deviennent les
pires armes révolutionnaires aux mains
des ouvriers sans culture ! — C'est une
belle leçon sur l'impuissance des plus
puissants penseurs. Un principe se
développe à travers le monde, avec une
force inflexible que nul fait n'arrêtera,
et souvent ses conséquences mettent
dans l'univers un imprévu qui passe les
plus hautes ironies.

L'orgueilleux Hegel (v. note 3) croyait
avoir fixé sa pensée du même coup qu'il
la créait, mais une fois mise au monde,
cette pensée pour vivre n'avait que faire
de son créateur. C'est la règle. Elle cou-

rut l'univers, elle agit non seulement sur ceux qui l'adoptèrent, mais encore sur ceux qui la repoussèrent et sur ceux là même qui jamais ne l'entendirent nommer. Il y eut les aventures de l'Hégélianisme. (v. note 4 et 5.)

Pendant une cinquantaine d'années, la Révolution française a été un évènement tout à fait important. Oui, elle fut cela ; mais elle ne l'est plus. En ce 1894, la Révolution, et Mirabeau, et Danton, et Robespierre, et peut-être Bonaparte lui-même n'importent guère. Car un grand homme ne demeure pas toujours un grand homme, ni un évènement un grand évènement. Je suis effrayé de voir avec quelle rapidité l'élégante société bonapartiste a fait des gloires du premier Empire un bibelot. Certain jour arrive où les forces qu'un homme ou un évènement représentaient à notre imagination, et par lesquelles ils dominaient notre existence, sont épuisées, de telle sorte que sa domination et son prestige cessent d'être réels. La Révolution française est pareille à ces vieux héros polonais, qui, après avoir étonné le Panslavisme, ne furent plus, en changeant de milieu, que des majors de table d'hôte ; la révolution doit se contenter d'occuper la place d'honneur dans les toasts des Comices agricoles. Parlons avec plus de précision et disons : la tradition de 1789, qui fut si longtemps l'élément révolutionnaire de ce siècle, y est devenue un élément conservateur.

Rousseau, toutefois, a gardé sa vertu intacte. Depuis cent ans, il continue à éveiller les individus et à émouvoir les généreux amants de la justice, comme il faisait au siècle dernier. Notez qu'il n'est pas nécessaire de connaître une doctrine pour en subir l'influence, il suffit de la respirer. L'atmosphère française est toute chargée de Rousseau. C'est dans un tel milieu que se combina l'idée hégelienne.

Nos différents socialismes sont la sensibilité de Rousseau ordonnée par la dialectique de Hégel. Les tribuns de la transformation sociale, s'ils se piquaient de penser et parler juste, ne diraient pas : « Nous autres petits-fils de la Révolution », car cette filiation n'est vraie que pour les bonapartistes, les orléanistes ou les républicains parlementaires, c'est-à-dire pour les conservateurs de nos formes politiques et économiques ; mais un révolutionnaire français, qu'il soit collectiviste, ou fédéraliste, ou anarchiste, relève de Rousseau pour sa sensibilité et de Hégel pour sa dialectique.

Notre Proudhon (v. note 5), comme Marx et Bakounine, tient de Hégel. Formidable filiation ! Il se fut évanoui d'horreur, l'honnête bourgeois, de qui Hegel élevait les enfants dans le même temps où il concevait son principe, s'il avait imaginé ce qui naissait sous son toit. Mais Hégel lui-même ne soupçonnait pas les conséquences de l'idée qu'il élaborait. Le père spirituel de tant de révolutionnaires n'aimait pas les révolutions, et le gouvernement prussien de la Restauration le tenait pour son ferme soutien. La voilà bien cette belle ironie que nous signalions : l'idée hégelienne, bienfait ou fléau, a traversé le monde, en saccageant et en fécondant, sans que

son auteur se soit jamais douté de conséquences qu'il n'avait pas prévues et
qu'avec tout son génie il eût été inca-
pable de modifier.

...... Un principe qui épuise selon sa
logique intérieure toutes les conséquences de sa nature, voilà ce que nous
allons suivre dans deux chapitres. Et
quel spectacle plus énivrant à considérer avec les yeux de l'esprit !

CHAPITRE II

L'ARBRE DE VIE D'UNE IDÉE

L'idée hégelienne s'est transformée, d'abord, en deux idées, le collectivisme et l'anarchie, qui se contredisent et qui sont pourtant deux conséquences également nécessaires de son principe.

Conséquences nécessaires, mais Hégel, tout de même, les eût réprouvées l'une et l'autre, car il considérait sa philosophie comme l'absolu réalisé. Le mot du mystère universel lui semblait trouvé. Il n'avait que faire de nouveaux réformateurs.

A vrai dire, en affirmant que le monde était désormais immobile, Hégel contredisait gravement sa dialectique. Les disciples crurent la méthode plutôt que le maître. Avec celle-la, ils furent révolutionnaires contre celui-ci.

Qu'on m'excuse de ne pas essayer de définir la philosophie de Hégel. Je surchargerais cette petite étude où je ne puis mettre de clarté que par élimination. — Quelques personnes pourront se reporter aux fortes pages d'Edmond Scherer.

On sait que l'admirable dialectique de Hégel affirmait qu'un individu ou un fait particulier quelconque ne manifeste jamais l'Idée, et que celle-ci n'apparaît que dans une suite de manifestations qui se développent jusqu'à l'infini. C'est-à-dire que la vérité est en partie dans ce qui existe déjà, mais surtout dans ce qui est en train de devenir. C'est-à-dire encore que la vérité se réalise continuellement dans toute la suite de l'éternité, sans parvenir jamais à se réaliser complètement. Ainsi se trouvent justifiées toutes novations et toutes contradictions. Désormais, nous savons suivre le développement historique des peuples, nous comprenons tous les mouvements accomplis ; bien mieux, nous les respectons, car Hégel nous enseigne que tout ce qui a été nécessaire a été vrai et que la place de chaque chose constitue sa vérité.

Les Hégeliens, dans leur ivresse, envahirent tout le domaine des connaissances. On peut les considérer comme une armée triomphante qui se partage l'univers intellectuel.

Sans doute, le système construit par Hégel fut rapidement délaissé, mais sa méthode, après le progrès des sciences expérimentales, est aujourd'hui encore acceptée par les historiens, par les théologiens, par les économistes, et partout elle porte des résultats extraordinaires.

Selon les tempéraments dont il prend possession ou mieux encore selon les races, l'hégelianisme produit des combinaisons particulières.

C'est la même méthode hégelienne qui a suscité le collectivisme et Karl Marx, en Allemagne ; en France, Proudhon ; en Russie, le terrorisme anarchique et Bakounine.

Voilà une admirable filiation, et pour ceux qui sont passionnés de saisir le développement d'une idée, ses trans-

formations et ses combinaisons, est-il
un plus riche arbre de vie ?

Essayons d'en saisir le dessin.

Strauss, en 1835, et Feuerbach, en 1841,
avaient révolutionné, par l'hégelianisme,
la politique et la théologie (v. note 4.).
Dès 1844, Marx et Engels introduisi-
rent la dialectique du maître dans l'économie politique. Ils mirent l'hégelianisme au service des intérêts matériels.
Magnifique évolution qu'Engels a décrite
lui-même dans une étude sur Feuerbach
(traduite par l'*Ère nouvelle* de mai 94).

Certes, avant la méthode hégelienne,
le socialisme existait, si l'on entend par
là l'aspiration vers une société plus par-
faite. Mais les vues de Hégel sur l'histoire nous ont appris qu'il n'y a jamais
de repos dans le monde, que tout ce
qui est louable et sacré n'est qu'un moment du développement humain, et fera
place à d'autres institutions non moins
louables et sacrées. Ainsi, le désordre
est extrêmement respectable, parce qu'il
est fait des mouvements d'un ordre
nouveau qui s'organise. Et d'autre part,

la vérité d'aujourd'hui est déjà en, quelque partie, une erreur. C'est cette double vue sur l'univers qui constitue, selon nous, le socialiste, c'est-à-dire l'homme qui a le goût de la transformation sociale.

Car il ne s'agit point de faire le prophète, mais de se prêter à l'évolution nécessaire. Se composer un idéal de cabinet et vouloir l'imposer à l'humanité, c'est tout de même d'une imagination bien superficielle ! Voilà pourtant une erreur où est tombé Marx. Le marxisme, est une philosophie qui devient une politique.

Dans cette politique, c'est-à-dire dans cette erreur, ses disciples s'enferment. Les marxistes ne se contentent pas d'analyser avec force les formes successives de la propriété : ils prétendent formuler ce que sera l'avenir et, sur cette formule, nous plier. Ainsi Hégel avait cru interpréter l'univers d'une façon définitive ; Marx à son tour croit l'organiser à jamais. L'un et l'autre méconnaissent leur dialectique ; ils prétendent substituer une immobilité bienheureuse à cette suite indéfinie de transformations qui sont chacune une parcelle du bonheur.

Contre les marxistes, qui risquent d'enrayer le mouvement de l'histoire. Bakounine a raison quand, de destruction en destruction, il poursuit d'un effort courageux la série indéfinie des aspects de la vérité.

L'anarchisme de Bakounine doit beaucoup, dit-on, à Stirner, qui promulgua la loi sacrée de l'égoïsme. Je ne suis pas en mesure de parler de Stirner avec une connaissance suffisante. Au moins, je distingue aisément comment l'hégelianisme justifia le terrorisme dans le cerveau de Bakounine. (V. note 7.)

Si les terroristes comprennent l'identité de la destruction et de la création, c'est grâce aux belles vues de Hégel sur l'importance du mal. « On croit dire quelque chose de bien grand, écrit Hégel, quand on dit : L'homme est naturellement bon ; on oublie que l'on dit quelque chose de bien plus grand encore quand on dit : L'homme est naturellement mauvais. » Le mal, le coup porté à une chose sacrée, la révolte, voilà les conditions de l'évolution humaine, ce sont les mauvaises passions qui maintiennent l'activité dans l'humanité, dans l'univers...

Peut-être Bakounine, car la mesure est délicate à garder, s'est-il cru obligé de collaborer trop activement à l'œuvre de négation et de destruction qui est, en effet, une condition nécessaire de l'évolution universelle. Montaigne, cité fort à propos par M. Bourdeau, a dit de surexcitations analogues : « C'est mettre ses conjectures à trop haut prix que de s'en servir à brûler les gens. »

En outre, Bakounine obsédé par l'importance de la négation dans le développement universel a méconnu l'importance de l'élément conservateur. Il a trop laissé improductif cet autre axiome hégelien : que « la vraie raison donne la patience. »

Enfin l'assassinat, l'incendie, la dynamite, si terribles qu'ils soient dans l'ordre des faits, affermissent ce qu'un négateur frivole espérait détruire. Le terrorisme est trop souvent l'expédient d'un esprit agité. C'est le recours des races qui se voient en retard ou des dégénérés qui se sentent des « *laissés pour compte.* »

Ainsi, le collectivisme et l'anarchie terroriste, ces deux contradictions, issues logiquement de l'hégelianisme, sont « objectionables » l'une et l'autre, d'après leur principe même. Je les tiens pour deux antinomies que seule peut résoudre la dialectique qui les engendra. Et c'est cette conciliation qu'il nous reste à dégager.

CHAPITRE III

LA FÉDÉRATION DONNE A TOUS
UNE PATRIE

L'anarchie et le collectivisme, issus tous deux logiquement de Hégel, par Marx et Bakounine, se contredisent. Bakounine sacrifie tout à l'élément de négation ; il invite l'individu à critiquer sans trêve la société. Marx, au contraire, donne une pleine force à l'élément conservateur : il remet l'autorité absolue à la collectivité.

Des opinions si opposées semblent inconciliables, mais précisément la haute valeur de l'hégelianisne est de nous rendre raison des contradictions, et de les résoudre dans un principe supérieur qui les concilie.

Ce principe supérieur, selon nous. on le trouve chez Proudhon.

Comme Marx et Bakounine, Proudhon reléve de la dialectique hégelienne. Il a posé une grande vérité, — qu'il eût fallu donner pour épigraphe à cette suite d'articles, — à savoir que tou[t] économiste, par cela même qu'il s'occupe des lois du travail et de l'échange, est vraiment un métaphysicien. Une des parties importantes de son œuvre demeure d'avoir dressé le systéme des antinomies, des contradictions de la société, comme la philosophie allemande avait fait le systéme des antinomies de la raison. « Sans qu'il soit besoin, écrit-il à un ami, de suivre Hégel dans son infructueuse tentative de construire le monde des réalités avec de prétendus *a priori* de la raison, on peut hardiment soutenir que sa logique est merveilleusement commode. » Et n'est-ce pas encore la dialectique hégelienne qu'il formule en disant : « Certains faits comme certaines idées se détruisent par

leur développement propre. La société
marche à un état directement inverse
de celui où elle est maintenant, et elle
y marche par le développement des
principes mêmes qui ont fait l'état
actuel. »

Il ne s'agit pas ici de diminuer l'origi-
nalité de Proudhon, sa qualité autoch-
tone. Le marxisme, dit-on, lui a emprunté la théorie de l'augmentation du
capital par la *plus value* dérobée au travail de l'ouvrier. En tout cas, ce qui
fait le principal du proudhonisme, c'est
le fonds français, l'héritage des Rousseau des Saint-Simon, des Fourier.

Le socialisme de Proudhon, parce
qu'il combine notre sensibilité nationale
et l'hégelianisme, satisfait ou intéresse
profondément des français qui ne par-
viendront jamais à se plier sur le collectivisme allemand ou le terrorisme russe,
car ces deux dernières conceptions sont
significatives de races étrangères.

Est-à-dire que Proudhon nous donne
la vérité totale, l'absolu ? Il serait peu
hégelien de l'admettre. Nous avons

poursuivi toutes les transformations de l'hégélianisme appliqué à la question sociale, nous avons vu le génie de Hegel se diviser en collectivisme et en anarchie ; maintenant nous croyons les réconcilier, non dans la formule même de Proudhon, mais dans la voie ouverte par Proudhon. Lui-même, avec son bon sens de bourguignon, il se bornait à dire : « Je suis en mesure de donner les préliminaires de cette organisation sociale dont les dernières lois ne peuvent être connues qu'au fur et à mesure de la production des faits nouveaux, sans lesquels il m'est impossible de passer outre. »

Le problème ramené à son expression la plus simple, consiste à trouver l'équilibre entre les deux éléments entrevus, le collectivisme et l'anarchie, entre l'autorité et la liberté, entre la solidarité et l'individualisme. Eh bien ! Qu'a donc conseillé la dialectique hégelienne à Proudhon, qui nous paraisse supérieur à l'autorité et à la liberté et devenant, par leur mutuel consentement, leur dominante ?

— La fédération et le contrat.

Fédération et contrat ! Les groupes géographiques (régions communes), les groupes moraux (aggrégations, profes-sionnelles ou de tous ordres), ne rele-vant que d'eux-même dans la fédération et s'ordonnant à l'intérieur par des contrats analogues aux transactions et échanges : voilà qui concilie l'indivi-dualisme et la solidarité, voilà qui réu-nit, en écartant toute idée de contrainte.

Ce programme proudhonnien sera toujours cher au philosophe qui répu-gne à prophétiser l'avenir et qui préfère l'attitude du chercheur à celle de l'ins-piré.

Le contrat et la fédération permettent que dans un même moment les diverses populations se donnent le régime cor-respondant le mieux à l'état de leur esprit et de leur mœurs. C'est ce libre jeu que nous tenons pour la précaution sociale essentielle. L'intelligence peut admettre qu'en haine du système capi-taliste, et au lendemain d'une révolu-tion sociale, quelque collectivisme uni-taire. copié sur le modèle qu'aurait adopté une région dominante, s'impose à la France, voire à l'Europe. Mais bientôt les influences de races, de métiers et de climats reprendraient leur empire et des différences apparaîtraient. Il faut que vous laissiez aux mouvements de l'humanité assez d'aisance pour qu'elle épanouisse cette diversité, cette pluralité, ces divergences, tous ces aspects, dont aucun n'est la vérité, mais dont la série approche de la vérité.

Car enfin, fils de Hégel, il ne s'agit pas que vous oubliez les belles lois de votre vieux père...

Reprenons même par delà Hegel le chant sublime du vieux Gœthe (car celui qui est le plus poète est aussi la meilleure source de toute pensée) : « La nature, éternellement, elle crée des formes nouvelles. Ce qui est n'a jamais été, ce qui était ne renaîtra plus, tout est nouveau et cependant toujours ancien.... La vie est sa plus belle conception, et la mort, l'artifice qu'elle emploie ponr multiplier la vie... »

Ce qui est bien entendu par tout le monde, par les anarchistes, par les collectivistes, et par tous les philosophes,

c'est que le capitalisme, le salariat actuels ne sont pas des formes économiques éternelles. Mais le collectivisme
lui-même passera, et c'est à quoi ne
pensent pas assez les collectivistes, qui
montrent des âmes de croyants religieux,
dès qu'il s'agit de leur système philosophique devenu un *credo* politique. Et pour
eux ce ne serait même pas assez que l'évolution humaine s'arrêtât avec l'installa-
tion du collectivisme, ils entendent
imposer à l'univers, en plus de l'immobilité, l'uniformité.

L'uniformité, quelle triste folie ! Hégel
nous a appris, j'imagine, sans qu'il y
ait à revenir là-dessus, qu'un fait n'est
pas isolé, borné, mais indéfini ; qu'une
chose ne se termine pas en elle-même,
mais tient à un ensemble ; que tout dans
l'univers se limite et se prolonge. Rien
n'est faux, rien n'est complètement
vrai : tout est un élément de vrai, une
phase d'un développement indéfini
dont l'ensemble serait la vérité. Dès
lors, un seul système pourrait-il se
superposer exactement à la vérité

infinie des faits ? une seule solution satisfaire tous les besoins ?

Poser la question à des lecteurs de Hegel, ou tout simplement à des esprits formés par le dix-neuvième siècle, c'est la résoudre par la négative.

Quand rien n'est que relatif, quand tout passe et fuit, c'est une prétention insensée d'imposer l'unité et l'immobilité au monde.

Mais elle n'est guère moins étrange cette conception de l'individualisme affichée par les anarchistes terroristes, qui ne se contentent pas de protéger leur « moi » particulier, d'en assurer l'indépendance et le libre épanouissement, mais sans respect pour les autres « moi », interviennent pour modifier l'univers et l'humanité d'après leurs désirs !

En vérité, hors la fédération et le contrat, il n'y a que méconnaissance de la loi de l'évolution et du principe de la contradiction.

C'est la fédération qui respecte le mieux les diversités et les divergences de l'univers physique et moral. C'est le contrat qui permet au « moi » de s'organiser des rapports tolérables avec les autres « moi ».

Selon les milieux où elle se développait, l'idée hégelienne s'est résolue en collectivisme et en anarchie qui ont deux formes contradictoires, mais elle dépassera ces deux instants de son devenir. Conformément à la dialectique de Hegel, elle conciliera, croyons-nous, ces deux contrariétés, et, par une évolution surprenante s'épanouira dans le fédéralisme, fleur indéfiniment féconde en diversités.

C'est notre conclusion : Si la force révolutionnaire de l'idée hégelienne, concentrée dans les milieux populaires, comme nous le vîmes dans les cantines du Nord, doit transformer le monde ; si la vieille civilisation doit crouler, qu'une fédération du moins lui soit substituée, afin que nous puissions répéter avec vérité les mots désespérés que prononça un praticien de Venise, au dernier jour de cette république : « Un galant homme trouve toujours une patrie. »

IIe PARTIE

IIe PARTIE

QUELQUES ARTICLES

DE

LA COCARDE

CONVERSATION DE GOBLET ET JAURÈS

Nous distinguions, dès le premier jour, dans la vie politique, la philosophie et la tactique.

Supposez que Jaurès cause avec M. Goblet... M. Goblet aborde son collègue dans un couloir du Palais-Bourbon.

.— J'ai encore pensé à votre collectivisme, Jaurès, lui dit-il. Ces nouveautés m'étonnent beaucoup. Quoi, la propriété du sol, des capitaux fixes, et des capitaux circulants attribuée à l'Etat ! Y pensez-vous ?

— Mais, M. Goblet, n'est-ce pas la justice ? Pourquoi des héritiers jouissent-ils de biens qu'ils n'ont pas produits ? Ne serait-il pas équitable que la propriété de chacun fut limitée au produit immédiat de son travail ?

— Sans doute ! Sans doute ! Mais supprimer l'hérédité, c'est impossible, c'est un rêve !

— Pourquoi impossible, pourquoi un rêve ? La civilisation est-elle une chose fixe ? Ne se transforme-t-elle pas perpétuellement, d'une façon logique sous l'influence de forces qu'on peut discerner et peser ?. Ces mêmes causes qui ont produit notre société capitaliste d'aujourd'hui, produiront demain le collectivisme.

— La démonstration de Karl Marx que vous m'avez fait lire sur ce sujet est intéressante, en effet. Mais je ne suis pas un philosophe, un homme qui embrasse le développement indéfini des choses, qui les voit sous un *aspect d'éter-*

nité (comme vous deviez dire à Toulouse.)
Je suis un homme politique qui se préoccupe des solutions immédiates.....

À cet instant du dialogue Millerand
s'approche. Il a entendu les derniers
mots et il dit :

— Vous admettez, M. Goblet, que
l'évolution se fait dans une certaine direction, et sur cette direction vous êtes
d'accord avec Jaurès. Vous entrevoyez
l'un et l'autre, une transformation du capitalisme actuel. Seulement Jaurès pense
que l'aboutissement sera le collectivisme, et vous, vous prétendez que définir
l'avenir c'est un jeu de philosophe, un
jeu d'où se désintéresse votre sens politique. Soit ! réservons l'avenir, évitons de
le défendre. Mais si l'évolution est un fait,
notre sens politique nous engage à tenir
compte de ce fait. N'y aurait-il point
convenance de donner une formule
législative, — une formule que nous saurions provisoire —, à ces tendances de
notre société parce que, laissées à l'état de
force brute, elles pourraient bien culbu-
ter violemment l'ordre existant ?

— Très juste, fort juste, dit M. Goblet.

L'or donnant une satisfaction a une fraction impérieuse de la démocratie nous l'empêcherons de se détacher de la forme parlementaire...

C'est ainsi que Goblet et nos amis Millerand-Jaurès se mirent d'accord parlementairement, sur la transformation des grands services publics, mines, chemins de fer et banque nationale. De là le programme minimum.

Cependant Jaurès continuait à exposer et à réclamer en tous lieux le collectivisme appliqué d'une façon complète. Alors Goblet lui dit :

— Pourquoi persistez-vous à agiter le pays avec la doctrine collectiviste, qui entraîne des réformes telles que la suppression de l'héritage, alors que vous admettez avec moi qu'il faut s'estimer très heureux si l'on peut obtenir la nationalisation des mines, de la Banque et des chemins de fer ?

Jaurès répondit à M. Goblet :

— Parce qu'il faut un idéal.

M. Goblet ne comprit pas.

Nous expliquerons demain en quoi Jaurès a raison.

(13 Septembre 1894).

IL FAUT UN IDÉAL

Hier nous imaginions que Jaurès avait dit à Goblet :

— Soit ! pour l'instant, nous ne pouvons demander utilement que la transformation du régime des grands services publics. La nationalisation des mines, des chemins de fer et de la banque, c'est tout ce que le pays voudra supporter. Je le reconnais.... cependant, je continuerai à développer le collectivisme complet, sans espoir de réalisation immédiate et simplement parce qu'il faut un idéal.

Un idéal ! Comme Jaurès a raison et qu'un idéal est chose nécessaire !

Sans doute nous sommes convaincus que les transformations dans l'ordre social, comme dans la nature, se font lentement, par voie d'évolution. Je l'ai appris de Taine, et Jaurès, de Karl Marx.

Nous savons que notre époque est un instant d'une évolution que, sous la pression des mêmes causes qui ont produit le capitalisme, nous conduit à une situation X, que Marx définit collectivisme. Et si instamment qu'on souhaite que cette évolution aboutisse, on ne saurait supprimer ses étapes.

Aussi nous nous expliquons fort bien que MM. Goblet, Millerand, Jaurès se soient accordés sur la nationalisation des mines, des chemins de fer et de la banque comme sur une station intermédiaire et indispensable.

Les hommes de Parlement aiment que les opérations ne soient pas à trop long terme. Cela s'explique par la hâte qu'il ont de donner leur mesure dans le bref instant de pouvoir que leur laisse l'intrigue des partis.

Toutefois, il ne faut pas s'y tromper, un pays ne se satisfait pas de ces petites perspectives.

Des modifications administratives, quelques améliorations économiques qui suffisent à intéresser un politicien n'échauffent pas les cœurs dans la masse. Le peuple ne s'intéresse à ces réformes que s'il les voit comme partie d'un tout dont il puisse prendre une idée assez nette pour le désirer et pour l'aimer dans toutes ses parties.

Le peuple veut qu'on lui présente un ensemble de perfection sociale. Il veut un idéal. Et tous, nous en sommes-là. Ce qui nous passionne ce n'est pas d'introduire un peu d'harmonie dans le monde, c'est de nous acheminer vers toute la justice, toute la liberté, toute l'harmonie.

De là cette grande infériorité du programme radical sur le socialiste. Les radicaux se sont réduits peu à peu à n'avoir plus d'idéal, mais seulement quelques réclamations législatives. Le sentiment public les abandonne.

Ce n'est pas qu'une bonne partie des socialistes actuels ne soient des radicaux plus ou moins avancés. Beaucoup de socialistes d'étiquette répugneraient à l'application immédiate et complète des doctrines qu'ils approuvent. Ce qui leur plait dans le socialisme, outre qu'ils le trouvent logique et généreux, c'est qu'il leur donne un rôle important dans l'histoire de l'univers ; il leur permet de se considérer comme un instant d'une évolution sublime, comme des ouvriers de la grande et définitive harmonie sociale : il les rapproche de l'idéal.

Que des hommes se plaisent à envisager et à préparer un système social dont ils ne voudraient pas pour eux-mêmes, c'est, direz-vous, une plaisante contradiction.

Non, c'est sagesse, c'est vif sentiment de l'évolution. Un peuple s'achemine vers son avenir, le désire, en même temps qu'il s'accommode des étapes.

Notre besogne est double. D'abord que faut-il mettre dans les lois ? Il y faut mettre tout ce que nos mœurs peuvent accepter. C'est-à-dire nous devons les conformer à nous-mêmes.

Ensuite, que faut-il mettre dans nos intelligences, dans nos cœurs ? La justice, la beauté, l'amour, tout ce dont nous voudrions être capables.

Légiférons pour le présent, éduquons

pour l'avenir. C'est pourquoi Goblet, homme du Parlement, n'a pas tort de dire : « Je propose telle, telle et telle mesure. » Et nous aussi socialistes, nous avons raison de proclamer : « Nous voulons tout, nous voulons l'idéal ! »

(15 Septembre 1894).

OPPRIMÉS ET HUMILIÉS

Ce que j'attends avec impatience c'est
le retour des jeunes gens de l'Université, élèves de faculté, boursiers, maîtres
répétiteurs, jeunes professeurs. Les
humbles de la science et des lettres !
A cette fin des vacances, ils sont épars
dans la campagne, dans des coins où la
Cocarde ne pénètre pas. Déjà ils nous
écrivent, Ils sentent bien que la *Cocarde*
sera leur expression. Nous les comprenons, nous les aimons ; de sentiment et
d'entente, tous ici nous sommes de leur
race...

Des ouvriers condamnés au travail
manuel et dont l'intelligence est avide

de culture sont aigris contre la société. Nous connaissons des employés de magasins, des ouvriers de fabrique, qui, avec un cerveau excellent, ne se consolent pas d'avoir manqué, dans leur première jeunesse, des moyens suffisants d'instruction, Ils sont bien près d'être des révoltés. Contre quoi ? Contre l'ordre social. Eh bien ! parmi les privilégiés qui reçurent l'instruction classique, même souffrance, mécontentement analogue. Pourquoi ? Parce qu'ils n'ont après tant d'efforts et d'examens, ni les loisirs ni la sécurité dont leur culture leur donne le besoin et dont leurs brevets semblent leur donner le droit.

Ces privilégiés de l'instruction sentent — parce qu'ils voient de près l'enchainement des causes sociales — l'inutilité et l'impuissance de la révolte violente. Mais ils sont décidés à aider ceux qui veulent une modification sociale.

Ces résolus se joignent à ces révoltés. Ils sont les adversaires d'une société où et par qui ils souffrent. On leur a donné les beaux désirs, les ambitions qui sont les secrets des livres et ils sont

astreints aux privations, aux laides hu_
miliations qui sont les secrets de la vie.

L'ouvrier, le jeune homme intelli-
gent et qui n'a pu recevoir d'instruction, est esclave des rapports du travail
et du capital, mais son frère plus heureux, le jeune homme sans fortune qui,
grâce a une bourse a bénéficié de notre
éducation universitaire est victime de
ce que Taine a nommé *la disconvenance
entre l'éducation et la vie.*

Nous ne saurions nous lasser de signaler les pages admirables de ce grand
penseur sur le régime antinaturel et anti-
social qu'est le système universitaire.

Internat, retard excessif de l'appren-
tissage pratique, entraînement artificiel
et remplissage mécanique de l'esprit,
surmenage, négligence absolue de préparer le jeune homme aux offices virils
de l'âge mûr, tel est le réquisitoire qui
se dresse contre notre système d'éducation.

Dans les dernières lignes qu'il écrivit,
le philosophe des *Origines de la France
contemporaine* entendait la jeunesse dire
aux dirigeants : « Par votre éducation
vous nous avez induits à croire, ou vous

nous avez laissé croire que le monde
est fait d'une certaine façon, vous nous
avez trompés ; il est bien plus laid, plus
plat, plus sale, plus triste et plus dur,
au moins pour notre sensibilité et notre
imagination. Vous les jugez excitées et
détraquées ; mais elles sont telles, c'est
par votre faute. C'est pourquoi nous
maudissons et bafouons votre monde
tout entier et nous rejetons vos préten-
dues vérités qui, pour nous, sont des
mensonges, y compris ces vérités élé-
mentaires et primordiales que vous dé-
clarez évidentes pour le sens commun,
et sur lesquelles vous fondez vos lois,
vos institutions, votre société, votre philosophie, vos sciences et vos arts. »

Les entendez-vous, ces jeunes gens,
ces révoltés et ces résolus qui, en abor-
dant la vie à vingt ans, souffrent affreu-
sement au contact d'une dure société,
parmi des luttes pour lesquelles ils ne
sont ni équipés, ni armés, ni exercés,
ni endurcis. Attendez un peu ! Ils vont
se ressaisir, devenir des hommes libres,
qui ne reçoivent de principes que d'eux-
mêmes, et demain ils seront des enne-
mis de la société.

Bah ? dira-t-on, ils sont quelques milliers. Ah ! vous trouvez : mais cette minorité c'est le levain dans la pâte informe.

Quand les jeunes gens désapprouvent leurs aînés, on peut tout espérer tout craindre. Demain renie hier, c'est donc quelque chose de nouveau qui se prépare dans le monde.

Le budget de l'intruction publique, en dépit de ceux qui le votent, subventionne la révolution.

(14 Septembre 1894).

L'IDÉAL ET LES PREMIÈRES ÉTAPES

Tous les actes qui s'accomplissent dans une société sont les effets d'énergies antérieurement existantes. Bien que les phénomènes sociaux soient infiniment complexes et subtils, on peut distinguer les lignes les plus grosses d'un avenir prochain. Il faut pour cela étudier et interpréter la qualité et la direction des énergies dont on sent la pression.

Une certaine divination de l'avenir n'appartient pas aux orateurs politiques, mais aux observateurs. Il y a une causalité qui détermine les transformations sociales. Ce n'est point par d'éloquentes objurgations qu'on saisit les rapports des choses, c'est au contraire en se dépouillant de ses sympathies et de ses antipathies, de tous ses préjugés, qu'on se mettra en état de juger, les actions mutuelles des membres d'une société entre eux et sur leurs petits-fils.

Encore les phénomènes moraux sont-ils si complexes, si dispersés, que l'observateur, — arrivât-il à se détacher de ses préjugés de tempérament, d'éducation, de caste et d'intérêts, — doit bien se garder de se prononcer sur les conséquences un peu lointaines des énergies qu'il voit agir autour de lui. C'est osé de définir les grandes lignes de demain, mais c'est admissible. Quant à après-demain, mettons-y tous nos rêves, c'est notre droit, mais sachons bien que ce sont des rêves.

Les énergies, les forces dont nous supportons aujourd'hui la pression, vont produires des actes, que nous pouvons prévoir, mais ces actes à leur tour deviendront des énergies, des forces agissantes — et ainsi à l'infini, sans que nous puissions soupçonner les formes

. sociales qu'elles détermineront, toujours nouvelles et infiniment diverses.

Après-demain c'est le lieu de l'idéal.

Des hommes politiques au sens étroit ne s'en préoccuperaient pas. Ils diraient : « Nous nous proposons de gouverner dans un milieu donné, avec des éléments donnés, et nous n'avons que faire d'organiser des relations d'individus encore à naître, dans un milieu encore à déterminer, sous des influences hypothétiques. » Et ce disant ils n'auraient pas tort. C'est le raisonnement que je prétais l'autre jour à un Goblet. Mais j'imaginais qu'un Jaurès répliquait : « Moi je veux me préoccuper de cette cité de rêve ; je veux bâtir dans les imaginations cette Salente. Serait-elle une chimère à jamais irréalisable, je la vanterais encore comme un but à proposer aux efforts de la masse, comme un réconfortant pour les cœurs qu'elle anime d'enthousiasme, et en même temps comme une commodité pour les intelligences où elle met de l'ordre. »

Pour toute science on a coutume de bâtir une hypothèse — ainsi à cette heure l'hypothèse darwinienne du transformisme — qui prétend seulement être la construction la plus propre à encadrer et à ordonner les faits innombrables laborieusement amassés par les observations.

Le darwinisme n'est qu'une vue de l'esprit, de même le collectivisme. Sera-t-il quelque jour la forme de notre civilisation ? On ne peut l'affirmer. Simplement c'est une fiction qui paraît à quelques-uns de nos contemporains propre à relier de la façon la plus satisfaisante les faits économiques constatés d'après la transformation industrielle de l'Europe.

Le collectivisme est une Salente qui, peut-être se bâtira, mais où n'entrera aucun de nos contemporains. C'est un poème plus ou moins séduisant, qui pourra devenir une vérité, mais qui n'est encore qu'une hypothèse sociologique lointaine.

C'est une construction assez flottante. Il ne faut point s'en étonner : La sociologie, et, en général, les faits historiques ne sont pas susceptibles d'être traités avec la précision des sciences exactes.

Pour ma part, dans cet avenir, que chacun interprète avec son tempérament, je crois entrevoir uu épanouissede l'individu, un affranchissement des lois, un groupement par libre harmonie..... Ce sont de beaux rêves auxquels nous reviendrons, des hypothèses dont nous aurons à peser les probabilités.

Tandis que dans la *Cocarde* transformée, nous prenons un premier contact avec des lecteurs qui attendent une philosophie et une action, mon souci constant est de souligner cette distinction capitale entre l'œuvre immédiate et l'idéal entrevu.

Sur l'idéal, chacun de nous a ses vues, expression sincère de son tempérament. Il faut laisser l'avenir fermenter dans les intelligences. Mais sur l'œuvre immédiate, sur la tactique nous avons à nous accorder, il faut que nous prenions une vue commune de la première étape.

Aujourd'hui cette entente spontanément s'est faite. Les radicaux (tel Goblet) les nationalistes épris de justice (tel Drumont), les socialistes collectivistes (tel le groupe de la Petite République),

s'entendent sur la partie la plus immédiate de notre tâche qui est d'atteindre
l'excès de la richesse et par suite de la
mieux répartir. La restitution à l'Etat
des grands services publics est acceptée
par le pays et réclamée par des personnes qui diffèrent d'ailleurs dans la conception de l'idéal.

Le *Journal de Genève*, en attendant
que je lui réponde, me permettra de
sourire s'il persiste à penser que cette
nationalisation des chemins de fer, de
la banque et des mines peut contrarier
notre idéal du libre épanouissement de
l'individu.

La décentralisation et une réforme
de nos systèmes d'éducation doivent
aussi être inscrites parmi les transformations les plus imminentes de notre
société, les premières étapes de ceux
qui marchent vers un idéal.

(18 Septembre 1894).

L'IDÉAL DANS LES DOCTRINES ÉCONOMIQUES

Si nous revenons aujourd'hui sur l'inauguration de la statue de Pouyer-Quertier à Rouen, ce n'est pas pour rééditer l'anecdocte qui nous représente ce Normand jovial et de bel appétit, séduisant Bismark par sa bonne tenue à table et sa capacité à avaler de nombreux flacons de vins.

Ce n'est pas non plus pour déplorer la singulière inspiration que l'on eut de sculpter sur le socle un bas-relief représentant Pouyer-Quertier signant le traité de Francfort. C'est au moins d'un goût douteux et certainement d'un patriotisme mal éclairé d'avoir perpétué sur une place publique, à l'égal du traité de Westphalie ou du traité de Tilsitt le souvenir de la paix la plus funeste qui ait été imposée à la France. L'enseignement que nous donne l'érection de cette statue est intéressant d'un autre point de vue ; il est significatif de notre évolution sociale.

Ce n'est certes pas à l'ami intime des princes d'Orléans, au monarchiste impénitent, que tant d'hommes politiques républicains, que tant de fonctionnaires rendaient honneur dimanche dernier.

Jusqu'à présent cet oubli des querelles politiques s'était fait seulement en faveur des généraux ou des hommes morts depuis un temps assez éloigné pour que leur vie fut seulement de l'histoire et ne rappellât pas de luttes contemporaines.

Pour la première fois des hommes de toute opinion sont venus rendre hommage à un homme politique, sans que personne s'en étonnât et prit ombrage de cette unanimité. Le protectionisme a fait ce miracle.

C'est un exemple nouveau de la prépondérance que les questions économiques prennent de jour en jour sur les questions purement politiques.

Les vieux politiciens s'en plaignent comme d'une décadence : ils voient dans cette prépondérance des questions économiques une disparition de l'idéal, la seule préoccupation des intérêts matériels.

Mais à considérer profondément les choses on peut apercevoir une part d'idéal dans le libre-échangisme des économistes orthodoxes, qui espèrent du triomphe de leur doctrine l'établissement de la fraternité universelle et de la paix entre tous les peuples. Ne peut-on l'apercevoir aussi dans le protectionisme qui ne consiste pas seulement à défendre contre la concurrence étrangère certains profits nationaux au profit de catégories d'industriels ou d'agriculteurs, mais qui introduit le patriotisme dans l'économie politique ?

Trop longtemps des politiciens ont cherché à amuser les masses populaires avec de simples mots et des formules vides ; c'est ce qu'ils appelaient proprement l'idéal.

Nous croyons qu'il y a beaucoup plus d'idéal vrai dans les conceptions des économistes d'écoles diverses qui ne séparent pas, dans l'homme, ses besoins matériels de ses aspirations vers le mieux. Et c'est ainsi que nous avons été amenés vers le socialisme où se concrétisent les aspirations du peuple laborieux vers le bonheur, le bien-être et la justice.

(14 Novembre 1894).

ENCORE L'INGÉRANCE DU POUVOIR CENTRAL

Ainsi, la Chambre a repoussé un ordre du jour si sage (1) !

Elle n'a pas voulu admettre l'initiative locale !

Vous avez entendu, vous avez lu le ministère : « Les communes ont·un cercle d'attributions et de travaux rigoureusement déterminé. Il ne leur est pas permis de le franchir... Quoi ! Roubaix se permet d'avoir une initiative ! de chercher à s'organiser ! Une tentative de collectivisme local ! Je le lui défends formellement. »

---

(1) Il s'agissait de la création d'une pharmacie municipale à Roubaix.

A notre avis, la doctrine inspirée par le ministre et sa majorité est désastreuse. Et ceux là même qui répugnent au collectivisme, s'ils ont le sens de l'évolution historique, seront surpris de la maladresse de nos dirigeants.

Nous ne saurions trop revenir sur cette importante vérité. La transformation sociale ne peut être entravée. Tout le problème est de la faciliter.

Beaucoup de types économiques sont en lutte à cette heure dans notre pays ; le meilleur n'est pas celui qui contente le mieux notre logique dans notre cabinet, mais celui qui, sur un terrain libre, se développera le plus fortement. Et voilà pourquoi nous mettons notre confiance dans la décentralisation qui facilite la vitalité, et qui permettra le jeu de cette *vis médicatrix natura* inhérente à tout organisme. Force médicatrice de la nature ! écrivions-nous, il y a quelques semaines, en développant cette thèse que le socialisme serait décentralisateur. Voilà toujours la ressource. C'est aux organes souffrants à s'orienter vers leur salut.

Comme il fallait laisser Roubaix tenter sa généreuse entreprise ! Une telle initiative devait être admirée, encouragée par qui possède un peu le sens de l'évolution et de ses bonnes conditions. Non, toujours cette odieuse ingérence du pouvoir central, que Taine, — qui n'est pas un socialiste peut-être — dénonçait avec violence. Sans doute, la décentralisation n'est pas la solution du problème social, mais qu'elle la faciliterait !

D'abord, nous n'aurions point un seul lieu d'expériences mais autant que de groupes locaux. Et cette variété, outre qu'elle multiplie l'intérêt, nous semble une condition indispensable de la bonne solution.

En effet, les conditions économiques ne sont pas les mêmes dans toute la France, et si ce sont elles qui décident de l'organisation, peut-il y avoir une même organisation pour tout le pays ? Admettrions-nous que des régions dominantes se substituassent aux classes dominantes pour décider du système social ! (1)

---

(1) *N'est-ce pas déjà l'auteur des Lézardes ?* (Note de l'éditeur).

Laissez Roubaix, tout le Nord, poursuivre leur idéal, mais n'espérons pas le faire accepter de la lumineuse Provence. Ne pensez pas qu'une ville de cent mille âmes se satisfasse du même statut qu'une ville de cinq cents. Les sociétés locales, c'est-à-dire la province, le département, la commune, sont des syndicats, comme toutes les autres entreprises collectives qui se donnent pour objet les intérêts professionnels, le commerce, les sciences, les lettres, où même le plaisir. Chacune de ces agrégations, morale ou locale, a ses traits distinctifs, ses besoins propres, ses caractères qui agissant d'une façon particulière, lui imposent sa forme nécessaire. Nous voulons la décentralisation, pour que l'Etat, qui n'est qu'un de ces groupements, ne prétende pas inspecter et ordonner tous les autres, mais nous serions également choqués si telle forme sociale, parce qu'elle convient à certaines régions, devait être inspirée à la fédération entière.

Au groupe seul, il appartient de s'organiser spontanément, selon la libre initiative des individus qui le composent.

Dans la série indéfinie des nuances de la fédération française, chacun de nous trouvera son milieu sympathique. Dans ces collectivités libres, constituées par la seule volonté des contractants, le moi enfin échappera à la contrainte impérative, et aux multiples combinaisons si ingénieuses de nos lois, en même temps qu'il trouvera la satisfaction de ses très réels sentiments de solidarité.

C'est en respectant les agrégations, en les laissant libres de s'ordonner selon leurs affinités et leurs besoins, sous un statut de leur invention, que la décentralisation réconciliera ces deux termes : individualisme et collectivité.

(22 Novembre 1894).

UN CANTON LABORATOIRE DE RÉFORMES SOCIALES

Ce qui tue l'ouvrier, pour employer la puissante expression populaire, c'est le chômage. Contre ce fléau, la lutte n'a pas été organisée encore. Mais les expériences commencent dans ces excellents laboratoires de réformes sociales et politiques que sont les cantons souverains de la Confédération suisse.

Déjà la ville de Berne et le canton de Saint-Gall ont institué des caisses d'assurance contre le chômage. Profitant des essais déjà faits, le Conseil d'Etat du demi-canton de Bâle-Ville vient de soumettre aux délibérations du Grand

Conseil un projet de loi très complet quoique prudemment rédigé. Ce projet de loi a été élaboré par une commission consultative dans laquelle figuraient des représentants des patrons et des ouvriers des principales industries bâloises sous la direction de plusieurs spécialistes en économie sociale et notamment du professeur Adler.

Le *Journal de Genève* nous apporte un résumé très complet de ce projet de loi. Dans le premier essai qui avait été fait par la ville de Berne, l'assurance était libre pour les ouvriers. A Bâle-Ville, au contraire, l'assurance sera obligatoire. Le demi-canton ne formant qu'une seule grande agglomération urbaine il n'y aura qu'une seule caisse. Tous les ouvriers salariés, hommes ou femmes bâlois, suisses d'autres cantons, ou étrangers établis depuis plus d'un an sur le territoire du demi-canton, employés dans les établissements soumis à la loi fédérale sur les fabriques, ou travaillant comme maçons ou terrassiers, seront soumis à la loi dès qu'ils auront l'âge de 14 ans, s'ils gagnent un salaire inférieur à 2,000 fr. par an.

Les apprentis et volontaires âgés de moins de 18 ans et gagnant moins de 200 francs par an, seront dispensés de soumission à la loi.

La caisse sera alimentée par quatre sortes de ressources : les primes payées par les ouvriers assurés, les contributions des patrons, les subventions du canton, les legs et dons.

Les assurés seront répartis en deux catégories divisées chacune en trois classes. La première catégorie comprendra les ouvriers de fabrique, la seconde les maçons et les terrassiers.

La première classe est composée, dans chaque catégorie, des ouvriers gagnant 15 francs au moins par semaine, la seconde classe des ouvriers gagnant de 15 à 24 francs ; la troisième des ouvriers gagnant plus de 24 francs.

La prime est calculée selon le salaire de la catégorie. A salaire égal, le seconde catégorie paie une prime plus élevée que la première, les maçons et les terrassiers étant plus exposés au chômage que les autres ouvriers. La

prime monte au maximum au 2 1/2 %
du salaire accédant de 20 centimes par
semaine (10 fr. 40 par an) pour la
première classe de la première catégorie, à 60 centimes par semaine (31 fr. 20
par an) pour la troisième classe de la
deuxième catégorie.

Les patrons versent une somme fixe
de 10 centimes par semaine et par assuré
de la première catégorie et de 20 centimes par assuré de la seconde catégorie.

Le canton paiera à la caisse une somme fixe annuelle de 26,000 francs et en
outre prendra à sa charge tous les frais
d'administration.

Lorsque l'assuré sera en chômage il
sera dispensé de verser sa prime et aura
droit à l'indemnité s'il est inscrit à la
caisse depuis au moins six mois.

L'indemnité sera payable pendant
90 jours par an au maximum. Afin que
cette indemnité ne soit pas un encoura-
gement à la paresse, elle sera restreinte
au strict minimum pouvant satisfaire les
besoins essentiels de la vie. On a imaginé une échelle de graduation très
ingénieuse pour les indemnités selon
la classe de l'assuré et ses charges.

Chaque assuré touchera de 80 centimes à 2 francs par jour. Le célibataire touchera 80 centimes. Une famille composée du mari et de la femme avec plusieurs enfants touchera 2 francs. Des degrés intermédiaires sont établis entre ces deux extrêmes.

L'assuré perdra son droit à l'assurance :

1º Lorsque le chômage sera la conséquence d'une dispute avec le patron au sujet du salaire (grève, boycottage, etc.).

2º Lorsque l'assuré aura quitté volontairement sa place.

3º Lorsqu'il aura été renvoyé à la suite d'un acte, qui d'après les dispositions du code des obligations et de la loi des fabriques, autorise le patron à le congédier immédiatement.

4º Lorsque le chômage sera la conséquence de la maladie ou d'un accident et que l'assuré touchera à ce sujet une indemnité à une autre caisse.

5º Lorsque l'assuré aura refusé le travail qu'on lui offrait.

Le professeur Keller a calculé en s'appuyant sur des statistiques empruntées aux principales villes suisses et allemandes, que les 20 % des ouvriers seront en chômage pendant 67 jours en moyenne. Il a été de parti pris très pessimiste dans ses calculs pour éviter toute méprise. Si les résultats sont bons on pourra, soit augmenter l'indemnité, soit abaisser les taux des primes. Cette dernière alternative est préférable. Maintenant comme il pourrait se faire que les ouvriers assurés contre le chômage se donnassent moins de peine pour trouver du travail, M. Schorrer, dans le *Schweizerische Blaetter fur Social-Politik*, propose de restituer aux ouvriers arrivés à un certain âge sans avoir eu recours à la caisse, tout ou partie des primes versées..

La caisse sera administrée par un directeur choisi par le Conseil d'Etat et par une commission de surveillance investie de très grands pouvoirs, et dont le Président sera nommé par le Conseil d'Etat, trois membres par les patrons et cinq membres par les ouvriers. Ainsi les ouvriers seront représentés dans cette commission.

Nous ne prétendons pas approuver toutes les dispositions du projet de loi

bâlois. Si nous l'avons longuement ana-
lysé, c'est pour montrer comment les
communes et provinces autonomes, dans
un état fédératif, peuvent essayer par
leurs propres moyens d'assurer le bien-
être de leurs citoyens, sans mettre en
branle une lourde machine administra-
tive, comme chez nos grands états uni-
taires, et sans être empêchés dans leurs
bonnes dispositions par les caprices du
pouvoir central. Nouvelle confirmation
de la thèse que nous nous efforçons à
soutenir : Réforme sociale par le fédéralisme.

(*2 Décembre 1894*).

PAS DE DICTATURE

Jaurès s'inquiète des répugnances que
rencontrent les préoccupations purement économiques, auprès de certains
esprits, d'ailleurs désireux d'une transformation sociale. Il constate justement
« une sorte de protestation anticipée
contre toute réglementation socialiste
étroite qui imposerait à tous les individus une même discipline de pensée, de
conscience et d'action. » Et cette protestation, purement philosophique jusqu'à présent, puisqu'aussi bien la besogne de démolition n'est pas terminée,
prendrait une formidable intensité, si,
lors de la reconstruction, on entendait

nous écraser sous une dictature uniforme.

C'est un malentendu, dit Jaurès, notre devoir est de le démasquer. Il a bien raison le grand orateur ; c'est notre devoir à tous. Si nous voulons réaliser l'organisation collectiviste ou communiste de la production, ajoute-t-il, c'est pour permettre le libre et entier développement de toute individualité humaine... Mais il ne s'explique pas davantage. Chez Jaurès, la force verbale, l'abondance, la conviction évidente nous seduisent dès l'abord, nous entraînent ; mais quoi, c'est toujours là qu'il faut arriver : comment l'évolution s'accomplira-t-elle dorénavant, dans cette immense infinité dictatoriale que pourrait-être le marxisme, interprété selon certains autoritaires.....

Le socialisme, s'il n'était pas fédéraliste, ne serait que le transfert de notre société actuelle aux mains de nouveaux dirigeants.

(30 Décembre 1894).

L'ASSOCIATION LIBRE
C'EST DE LA DÉCENTRALISATION

Quand nous parlons de décentralisation, il faut bien entendre que nous ne sommes pas seulement préoccupés de rendre la vie à la province.

Eh ! non, ce n'est pas notre but, mais de servir l'individu. Individualisme, voilà toujours notre formule.

L'individu, qui suit jusqu'au bout son instinct, sa force intérieure, sa vertu humaine a une tendance à se grouper, à se solidariser, selon ses affinités électives, d'après ses besoins, d'après ses aptitudes, d'après ses parentés, dans un corps social, et à devenir ainsi une unité dans une individualité plus large, dans cent individualités, groupes locaux et moraux !...

Retenons ces deux derniers adjectifs. C'est en faveur des entreprises collectives, locales ou morales, que nous protestons contre l'ingérence excessive de l'Etat.

La société où nous vivons est une création artificielle, et non pas, comme nous le voudrions, le résultat de l'instinct spontané des individus qui la composent. Elle est sortie, à peu près comme un système sort d'un cerveau philosophique, de la réflexion d'hommes politiques qui se proposaient bien moins d'aider l'expansion des individus que de les plier sur un ordre préconçu.

L'expansion totale de l'individu, sa tendance à s'agréger selon des affinités instinctives, c'est le sens social, c'est l'altruisme, c'est le patriotisme, c'est l'attraction professionnelle, tous ces instincts fort affaiblis et en tous cas déçus dans notre société moderne.

Pour restaurer nos centres de groupement, il faudrait une décentralisation. Pour restituer nos facultés de cohésion, il faudrait la liberté d'association.

(Mercredi 13 Février 1895).

NOTES

Note 1

M. Mirbeau, dans un article du *Journal,* reprochait à M. Barrès, d'avoir, en fait de nationalisme, exalté la pensée hegélienne et la beauté de Venise.

Note 2

Cette conception du contrat semble toujours vivante dans l'esprit de M. Barrès. A rapprocher des textes que nous rappelons et de plusieurs discours sur la nécessité de donner un statut particulier aux juifs, les lignes suivantes des *Amitiés françaises :*

« Si la politique est *l'art de faire vivre les gens côte à côte,* voilà qu'à propos d'un chien, d'une demoiselle protestante et d'un petit garçon, je dois résoudre un vrai problème de gouvernement. La belle occasion de relire *l'édit de Nantes qui fixait et limitait avec tant de sagesse les droits de deux grands partis.* »

(Les Climats, p. 79,
AMITIÉS FRANÇAISES).

NOTE 3

HEGEL *précurseur du socialisme*

Hegel est précurseur du socialisme par sa dialectique, d'abord, et par sa philosophie du droit.

Nous apprîmes dans nos classes que la métaphysique de Hegel était aussi vide qu'obscure, et certains pensent encore qu'elle ne laissera guère plus de trace que les travaux de Raymond Lulle. Cependant, plus qu'on ne le croit, cette philosophie, cette encyclopédie rebutante est nourrie de faits. Hegel eut de très bonne heure le goût des études politiques et économiques ; fils d'un employé de trésorerie, précepteur dans de grandes familles bourgeoises, par exemple chez le commerçant Goigel de Francfort, il étudia les institutions financières, les procédés de négoce, et les mœurs commerciales ; il lisait les débats du Parlement anglais, et rêvait dès sa jeunesse de réformes politiques.

Mais comment ce fonctionnaire exact, ce philosophe officiel à qui le monarchisme autoritaire et le bureaucratisme de la Prusse restaurée apparurent comme la manifestation suprême de l'Idée, peut-il être revendiqué comme un ancêtre par les agitateurs socialistes ? Comment cet apologiste de la guerre et de l'esprit prussien pourrait-il être considéré comme un précurseur d'une doctrine de liberté et de paix ?

C'est, qu'outre la dialectique qu'il a inventée, il a conçu l'Univers comme un mouvement, un effort continuel vers la liberté et l'affranchissement, et qu'il a déclaré qu'entre le réel et le rationnel, les limites étaient effacées, ce qui effaçait en même temps les limites entre le fait et le droit et permettait une toute autre conception de l'Etat. Pour l'étude de la philosophie politique de Hegel, signalons quelques bonnes pages de Henri Michel dans l'idée de l'Etat, et les chapitres si nourris de Charles Andler, dans les *Origines du socialisme d'Etat en Allemagne*. (Le rationalisme métaphysique de Hegel (p. 25). De la propriété : le conservatisme hegelien (p. 69). Le smilhianisme hegelien (p. 144). Le principe du besoin social (p. 193). L'organisation logique du travail (p. 235).

NOTE 4

Quelques mots sur l'hegélianisme

L'arbre de vie esquissé par M. Barrès n'est à proprement parler, que l'un des rameaux issus du tronc hegélien. Il faudrait y ajouter tous les partisans stricts de la doctrine de Hegel, les défenseurs du conservatisme et de l'orthodoxie cléricale, et les esprits modérés du centre hegélien, qui se glorifie de nóms tels que Kuno Fischer, Edouard Zeller, Erdmann. — Il faudrait également décrire l'influence de Hegel, en France, et en particulier sur trois de nos plus illustres penseurs, Vacherot, Taine et Renan. — Et quelle extraordinaire antinomie constater encore une fois avec Hegel, dans une pensée qui paraît une, lorsque le jeu de son développement produira des hégéliens aussi différents que M. Maurras qui l'est par Taine, et aussi par tournure d'esprit personnelle, et que M. Jaurès qui l'est par Marx !

N'est-il pas aussi prudent de faire remarquer que quelques-unes des idées hegéliennes ont été exprimées d'une façon plus définitive et plus forte par Comte, par exemple, cette idée sur laquelle est basée cette étude : il y a une évolution historique qui manifeste l'Idée.

— Je dis que l'idée d'évolution historique est plus comtiste qu'hegélienne, parce qu'il ne faut pas oublier que parmi les disciples sociaux de Hegel, il faut citer Gans, l'adversaire ardent de l'école de Savigny. L'opposition de l'historisme et de la philosophie du droit, tous deux contenus dans la philosophie hegélienne, a été bien décrite par Charles Andler, *Les origines du socialisme d'Etat en Allemagne.*

NOTE 5

Le jeune hegélianisme

Sur le jeune hegélianisme et ses doctrines sociales, il faut lire l'intéressant ouvrage de M. David Goigen : *Zur Vorgeschichte des modernen philosophischen Socialismus in Deutchland. Zur Geschieste der Philosophie et Social philosophie des Jung Hegelianismus. Histoire des précurseurs du socialisme moderne en Allemagne, et de la philosophie et philosophie sociale de l'extrême-gauche hegélienne.* — On trouvera dans ce livre une intéressante exposition de l'évolution de la philosophie de Hegel, depuis Strauss et Feuerbach jusqu'à Marx, en passant par Bruno Bauer, Moses Hess, Arnold Ruege, Karl Gruen, Engels, Luening, Lorrenz Von Stein et Franz Schmidt. — Il faut remarquer que le progrès de l'extrême-gauche hegélienne a consisté à combattre l'esprit philosophique de

Hegel, à isoler la pratique de la théorie pour arriver à une conception matérialiste de l'histoire, et à une théorie positive de la société. L'influence de Hegel très souvent est négative autant que positive : On veut s'affranchir des doctrines du maître. — Les opinions de l'école furent d'ailleurs divergentes. C'est ainsi qu'à 25 ans, Karl Marx publie une critique fameuse de la philosophie du droit de Hegel, tandis que le singulier Bruno Bauer, d'abord de la droite hegélienne, fut à la fin de sa vie, après avoir passé par une crise d'admiration pour l'autocratisme russe, un des apologistes les plus outrés de M. de Bismarck. Rien de commun entre Lassalle, vraiment hegélien, et Stirner. Il faut aussi signaler des influences étrangères à celles de Hegel. Karl Gruen fut le disciple de Proudhon, Lehning celui de Louis Blanc. — La pensée de socialisme international fut vraiment internationale, mais la façon large et complète dont les français ont envisagé les problèmes fut plus efficace à la constitution d'une doctrine que les études étroites d'un Marx, par exemple. — L'étude d'*Engels*, à laquelle il est fait allusion dans le texte est intitulée : « *Ludwig Feuerbach et la fin de la philosophie classique allemande.* » Avril et mai de l'Ère nouvelle de 1894.

NOTE 6

Max Stirner

On s'est beaucoup occupé depuis la première publication de ces articles de l'anarchiste Max Stirner. Son ouvrage : *l'Unique et sa propriété* a été traduit deux fois en français et tout récemment, un des professeurs les plus anarchistes et les plus distingués de notre jeune

Université publiait sur lui une importante étude. — Ce n'est pas, pourtant, que ce livre lourd, sybillin et confus ait pu exercer une bien grande influence. « Stirner, dit Feuerbach, dans l'étude citée par M. Barrès, n'a jamais été qu'une curiosité, même après que Bakounine l'eut amalgamé avec Proudhon, et eut baptisé cet amalgame du nom d'anarchisme. » Stirner était un surnom que ses amis les libres lui avaient donné. — Il s'appelait Jean-Gaspar Schmidt. Il était né à Bayreuth, en 1806, d'un fabricant de flûtes. — Il entendit Hegel à Berlin, et lut Feuerbach. Il eut une vie assez difficile, besogneuse, et fut pendant cinq ans réduit à enseigner la littérature dans une pension de jeunes filles. — C'est son passage dans la société des « libres », journalistes, écrivains, poètes, parmi lesquels Bruno Bauer, Ludwig Bruhl, Édouard Meyer, Engels et Marx, qui le décide à écrire. — Il fit un mariage un peu extraordinaire, et mourut assez jeune, dans la misère, en 1856. — Il a une figure germanique, à favoris et à lunettes. Les lèvres minces dénoncent l'ironiste, l'aigri. — Il eut eu peut-être d'autres théories, si sa destinée l'avait fait professeur d'Université. — Le seul ouvrage de lui qui soit connu est : « *l'Unique et sa propriété* ». — Son « *Histoire de la réaction* » ne fut pas lue. — Il mit comme « motto » à son livre « : Je n'ai mis ma cause en rien », et il explique ainsi sa doctrine : « On m'excita à sortir de moi-même, pour réaliser un idéal plus élevé. Qu'est-ce donc que cela veut dire? L'idéal n'est-il pas censé, dans la pensée de ceux qui me parlent ainsi, se réaliser lui-même. Dieu ne peut pas sortir de lui-même ; il se réalise, il se parfait, il est absolument égoïste. Il en est ainsi de toutes les grandes causes qui demandent le sacrifice des

individus ; la patrie elle-même fait un char-
nier des morts sur lequel s'épanouit cette
fleur, une nation florissante. Pourquoi conti-
nuer à servir des idéaux qui ne me servent
pas. Je veux mettre ma cause en moi-même. »
— Et il développe à outrance son individualisme radical, aussi bien au point de vue
moral qu'au point de vue social. — Il passe
quelquefois dans les pages un peu compactes
où il étudie les « Quatre âges » ou les « Anciens
et les Modernes », ou la société, un beau
souffle de révolte et d'ironie. Précurseur du
« Sur homme » il appelle son livre « le livre
qu'on quitte monarque. » Mais l'individualisme doit chercher ailleurs que chez Stirner,
l'expression raisonnable de sa doctrine ;
Nietzsche en Allemagne, un « Homme libre »
et « l'Ennemi des lois en France », en sont,
avec moins d'outrance, des expositions plus
parfaites.

NOTE 7

Proudhon et Hegel

Proudhon doit-il beaucoup à Hegel ? Moins
peut-être que ce dernier ne devait à Rousseau.
Notre grand socialiste fut essentiellement un
penseur original, et il exerça plus d'influence
qu'il n'en subit. — Cependant, comme il son-
gea sérieusement un moment à devenir un
grand métaphysicien, il étudia la philosophie
allemande. — Comme il ignorait l'allemand,
il se faisait faire des résumés par Ch. Gruen,
exilé à ce moment-là à Paris, et dans une
situation fâcheuse. Ch. Gruen était aussi en
relations avec Marx qui ne l'aimait guère. Il
s'était vanté à Marx d'être le précepteur de
Proudhon. Celui-ci proteste assez vivement
dans une lettre à Marx, du 17 mai 1846, en

défendant pourtant Gruen contre les préventions de Marx.

Proudhon définit lui-même assez exactement dans sa correspondance ce qu'il doit à Hegel. — Dans une lettre à Tissot, le traducteur de Kant et le propagateur de sa philosophie, Proudhon écrit : « Je sais que cette dialectique hegélienne n'est pas de votre goût, et comme vos confrères de la Sorbonne vous accusez de scepticisme, ceux-là même qui prétendent avoir à jamais renversé le scepticisme. Je ne veux pas entamer la discussion dans une lettre. Je vous dirai seulement que la logique de Hegel, telle que je la comprends, satisfait infiniment plus ma raison que tous les vieux apophthègmes dont on nous a bourrés dès l'enfance, pour nous rendre compte de certains accidents de la raison et de la société... En lisant le *Antinomies de Kant*, j'y avais vu, non pas la preuve de la faiblesse de notre raison, ni un exemple de subtilité dialectique, mais une véritable loi générale de la nature et de la pensée. Hegel a fait voir que cette loi était beaucoup plus générale que n'avait pu le supposer Kant, et sans qu'il soit besoin de suivre Hegel dans son infructueuse tentative de construire le monde des réalités avec de prétendus *a priori* de la raison, on peut soutenir, ce me semble, que sa logique est merveilleusement commode pour rendre raison de certains faits que nous ne savions auparavant considérer que comme les inconvénients, les abus, les extrêmes de certains autres ». — (16 décembre 1846. *Correspondance*, 2ᵉ vol. p. 230).

C'est donc sous l'influence combinée de Kant et de Hegel que Proudhon a conçu son *Système des Contradictions économiques* ou sa *Philosophie de la Misère*. — Mais il n'employa pas la méthode synthétique ; les choses doivent se charger, d'après lui, de tirer la synthèse des antinomies sociales, ou plutôt, le cours naturel des événements tient l'équilibre entre la thèse et l'antithèse. — Il échappa ainsi au dogmatisme, contre lequel il cherche à prévenir Karl Marx (V. la lettre du 17 mai 1846), et il écrit le 24 octobre 1844 ces lignes très sages : « Si les philosophes allemands trop pressés d'arriver à une conclusion théologique ou transcendentale, s'étaient attachés à bien étudier les antinomies qui tombaient sous leurs yeux, et à en donner de bonnes solutions, ils auraient rendu peut-être de plus éminents services que par l'échafaudage prématuré de leurs systèmes. »

Donc, si Proudhon a connu Hegel, ce n'est qu'imparfaitement: et il n'a subi son influence que pendant la composition d'un de ses tout premiers ouvrages non pas à vrai dire le moins important.

Pour les rapports entre Proudhon et Charles Gruen V. *Sainte-Beuve*. P. 5. (Proudhon. Sa vie et sa correspondance. 1838-1848. — Chez Michel Levy. 1872. — Le livre est dédié au grand ami de Proudhon, M. Bœgmann, doyen de la Faculté des lettres de Strasbourg.)

Charles Gruen a publié en 1845 le récit de ses relations avec Prudhon. M. Saint-René Taillandier en a donné la traduction dans la *Revue des Deux-Mondes* du 15 octobre 1846. Le récit est vif, intéressant et enthousiaste. — Pour le sujet qui nous occupe, on peut citer ce passage :

« Proudhon est le seul Français complètement libre de préjugés que j'aie jamais connu. Il s'est assez occupé de la science allemande pour appliquer son oreille contre terre, chaque fois que l'esprit s'agite de l'autre côté du

Rhin. Il possède assez de profondes connaissances en philosophie pour soupçonner un sens profond derrière nos phrases abondantes... Il a su vraiment s'approprier la substance même de notre science, et c'est avec nos idées qu'il a chargé ses canons contre la propriété. Il a compris Kant, et a bien vu l'œuf que Hegel avait su comme Colomb faire tenir droit : la négation de la négation. Le grand et sublime travail de Hegel, qui consiste à résoudre l'un dans l'autre au sein de l'absolu, la liberté et la nécessité, et à avoir au moins tiré le problème de l'humanité en établissant que ma nature doit être mon œuvre, cette vérité immense où tant de cerveaux français ont trouvé leur Waterloo..., Proudhon, lui, l'a parfaitement comprise. Seulement il n'avait encore aucune connaissance de la dissolution de la philosophie allemande elle-même par la critique et de l'anéantissement de toute systématisation philosophique. J'ai eu le plaisir infini d'être sur ce point le *privat docent* de l'homme, qui, depuis Lessing et Kant, n'a été surpassé peut-être par personne, pour la vigueur de la pénétration. J'espère avoir, par là, au moins préparé une conciliation et une fusion complète de la critique sociale en-deçà et au-delà du Rhin. »
— Le ton de ces entretiens entre Gruen et Proudhon était éloquent et ardent : « Proudhon m'écoutait avec une attention qui m'aurait donné de l'embarras, si je n'avais été un peu protégé par les ombres du crépuscule qui tombait. Quand je dis en terminant : « Donc l'antropologie c'est la métaphysique en action », Proudhon frappa des mains, se leva, et dit : « Et moi, je vais démontrer que l'économie politique, c'est la métaphysique en action. »... Un poids fut enlevé du cœur de

Proudhon, quand je lui expliquai comment la critique avait percé à jour le phébus grandiose de Hegel, et comment l'homme était sorti du système. Il m'assura qu'il s'était attendu à ce dénouement, mais que malheureusement il ne pouvait prendre connaissance des travaux de l'Allemagne que par des analyses et des traductions françaises. Le pauvre Proudhon ne sait pas du tout l'allemand ; douze ans de sa vie il a été imprimeur, et tout ce qu'il sait il l'a appris seul ; il n'a pu trouver le temps d'apprendre l'allemand ; autrement il l'aurait appris comme le reste. Je vis comment il savait profiter des traductions et des analyses par ce mot frappant qu'il me dit sur Feuerbach : « Mais c'est l'accomplissement de l'œuvre de Strauss.» Strauss, en effet, donnait bien la théorie du mythe, mais il restait à découvrir d'où venait le mythe et pourquoi il était un besoin. »

Note 8

Sur Karl Marx

(Extrait de l'*Ennemi des lois*, p. 170)

« Ils préfèrent (à Lassalle) Karl Marx. Un homme de bureau et de science.

« Ces intelligences juives ont un caractère commun que chacun peut distinguer chez les israélites intéressants de son entourage. Ils manient les idées de même façon qu'un banquier des valeurs. Elles ne semblent pas, comme c'est l'ordinaire, la formule où ils signifient leurs appétits et les plus secrets mouvements de leurs êtres, mais des jetons qu'ils trient sur un marbre froid. Non point qu'ils ne goutent et ne comprennent l'idéologie, mais elle ne les échauffe pas. L'avantage, c'est que leur jugement reste fort net sans cette buée que l'enthousiasme met sur la clairvoyance de tant de penseurs. Le juif ne s'attache à aucune façon de vivre ; il n'est que plus habile à les classer toutes. C'est l'état d'esprit d'un homme habitué à manier des valeurs. Le juif est un logicien incomparable. Prenez l'*Ethique*, le *Capital*, les articles de M. Naquet, il serait infiniment plus difficile de reconstituer la personnalité de leurs auteurs qu'avec aucune œuvre pour d'autres écrivains. Si la biographie de Spinoza par Colerus est exacte, du moins n'est-elle nullement necessitée par l'œuvre de ce penseur. Sans rien contredire de son *Ethique*, on pourrait imaginer fort différente sa physionomie, — ce que pour ma part, j'incline à croire. Nul, comme Spinoza, ne semble avoir excellé à approprier son ton à ses familiers ; il rendait à chacun la monnaie de sa pièce. C'est pour la même raison que les visiteurs de Karl Marx, ayant vu les uns un bonhomme, les autres un Méphisto, s'accordent si mal dans les portraits qu'ils en donnent.

« Ces juifs exclus de la société féodale et de la légiste qui ont précédé notre temps, n'en retinrent aucun préjugé. La notion du point d'honneur et celle de justice leur sont inconnues. Ils sont tout entiers dans la notion du possible et de l'impossible ; ils calculent des forces. Ainsi échappent-ils à la plupart de nos causes d'erreur. De là leur merveilleuse habileté à conduire leur vie, et la faculté logique de leur cerveau. De là aussi, par un autre côté, leur rôle dominant dans la révolution psychique qui se prépare.

« Lassalle, Karl Max, c'est le changeur d'Holbein qui fait sonner une idée, et sur son poids

(son usure, son change) la classe. Plus parti-
culièrement, ils ont passé au trébuchet des
principes de l'économie politique.

Mais dans leur œuvre Claire (1) se sentait
envahie par le froid. Comment eut-elle satisfait
là, les sentiments d'enthousiasme qui l'avaient
entrainée dans cette enquête, et que tout
d'abord avaient fortifiés Saint-Simon, Proudhon, Fourrier? Elle en fut glacée, comme
d'un traité de géométrie. D'autant que des formules où ils serraient tout ce qui milite pour le
socialisme, les durs logiciens juifs crurent
devoir éliminer les notions de pitié, de justice,
d'enthousiasme, soit qu'ils jugeassent l'appel
au cœur peu compatible avec l'expression des
besoins économiques, tâche jusqu'alors mal trai-
tée qu'ils se réservaient, soit qu'ils n'atta-
chassent pas une valeur scientifique à des
préoccupations morales auxquelles on ne
saurait pourtant objecter que d'avoir été jusqu'ici invoqués en termes vagues et ampou-
lés. »

Les analyses de l'ennemi des lois furent
très goûtées de cet esprit net qu'est M. Faguet.
D'ailleurs, un professeur de l'Ecole des sciences politiques, philosophe distingué avait
recommandé à ses élèves la lecture des articles : « de Hégel aux cantines du Nord. »

NOTE 9

Karl Marx et Proudhon

V. Andler. Le manifeste communiste. Introduction historique (p. 69, 71, 72, 104, 106 et 59,
110, 115, 150, 188).

Les rapports de ces deux penseurs furent

---

(1) Claire est l'héroïne de l'Ennemi des lois.

vite discourtois. Karl Marx publia en effet en réponse aux *Contradictions économiques* ou *Philosophie de la Misère*, un ouvrage intitulé *Misère de la Philosophie*, réponse à la *Philosophie de la Misère* de M. Proudhon (Paris. Franck, 1847), précédé d'un avant-propos aigre avec ces mots : « M. Proudhon a le malheur d'être singulièrement méconnu en Europe. En France, il a le droit d'être un mauvais économiste, parce qu'il passe pour être un bon philosophe allemand. En Allemagne, il a le droit d'être mauvais philosophe, parce qu'il passe pour être économiste français des plus forts. Nous, en notre qualité d'allemand et d'économiste, nous avons voulu protester contre cette double erreur. » — Il l'attaque plus violemment encore dans ses articles : *Ueber Proudhon* et dans le *Manifeste*. — Mais d'ailleurs il lui doit énormément, quoiqu'il le traite « d'épicier » et que dans le *Manifeste*, il le classe parmi les socialistes conservateurs et bourgeois.

Note 10

Bakounine et Proudhon

Bakounine doit beaucoup à Proudhon. — Il lui emprunte son fédéralisme, son anti-théocratisme, sa conception de l'anarchie. Voici comment il le loue : « Mais voici que Proudhon parut ; fils d'un paysan, et dans le fait et d'instinct cent fois plus révolutionnaire que tous ces socialistes doctrinaires et bourgeois, il s'arma d'une critique aussi profonde que pénétrante pour détruire tous leurs systèmes. Opposant la liberté à l'autorité, contre les socialistes d'Etat il se proclama hardiment anarchiste, et à la barbe de leur déisme ou de leur panthéisme, il eut le courage de se dire simplement athée, ou plutôt avec Auguste Comte, positiviste.

« Son socialisme à lui, fondé sur la liberté, tant individuelle que collective, et sur l'action spontanée des associations libres, n'obéissant à d'autres lois qu'aux lois générales de l'économie sociale, découvertes ou qui sont à découvrir par la science, en dehors de toute réglementation gouvernementale et de toute protection de l'Etat, subordonnant d'ailleurs la politique aux intérêts économiques, intellectuels et moraux de la société, devait plus tard et par un enseignement nécessaire, aboutir au fédéralisme. » — Bakounine, *Œuvres*, p. 39,

NOTE 11

Sur M. Naquet

On lit dans la *Cocarde* du 13 octobre 1894 :

« M. Naquet, dans l'*Eclair* d'aujourd'hui, approuve M. Maurice Barrès d'avoir affirmé qu'un parti ne peut se passer d'idéal, mais lui reproche d'avoir prétendu que le parti radical était inférieur au parti socialiste, tout justement parce qu'il manque de cet idéal nécessaire. M. Naquet croit, contrairement à M. Barrès, que le radicalisme a eu un idéal, la séparation des Eglises et de l'Etat, et la guerre au cléricalisme.

« Admettons le, mais cet idéal est bien démodé et bien insuffisant en présence des aspirations de la société moderne. »

M. Naquet, depuis, trouva son chemin de Damas. Il discutait pourtant à ce momen avec M. Jaurès. — Voici une note de M. Maurice Barrès du 26 octobre 1894 :

La foi en sociologie, —

« M. Jaurès, dans la *Dépêche de Toulouse*, et
« M. Naquet, dans l'*Eclair*, continuent à discu-
« ter la question que nous avons posée ainsi :
« le socialisme a sur le radicalisme cette supé-
« riorité d'avoir un idéal. »

« Resserrant la question au collectivisme.
« M. Naquet réplique que si les collectivistes
« ont un idéal, celui-ci toutefois procéde.
« quant à sa nature, de la religion et de la foi,

« M. Naquet a raison. Il ne faut pas avoir
« crainte d'en convenir. Le sentiment qui
« anime les masses socialistes a l'énergie et la
« générosité d'un sentiment religieux. Préci-
« sément parce que les socialistes embrassent
« de larges espoirs, ils ne peuvent avoir une
« vue absolument nette des moyens par les-
« quels ils les satisferont. Ils sont des hommes
« de foi en même temps que des sociologues.
« La science et le sentiment les animent. On
« ne peut demander à tous les fidèles d'un
« parti, de vérifier par eux-mêmes tous les
« principes de leur parti. Quand vous imagi-
« neriez le programme le plus restreint, le
« plus terre à terre, il y aurait encore, parmi
« ceux qui lui donnent leurs suffrages, des élec-
« teurs dont le vote est un mouvement de foi
« plus que de réflexion personnelle. Dès lors,
« puisque toutes les besognes sociales se font
« par cette force qu'on appelle la foi, n'est-ce
« pas déjà une recommandation pour une
« doctrine d'être la plus capable de créer un
« état d'esprit religieux, ou pour mieux dire
« d'enthousiasme et de dévouement.

« Voilà ce que nous voulions démontrer.
« Après cela c'est un second point de discu-
« ter le collectivisme, qui est une hypothèse. »

NOTE 12

L'éducation était à ce moment de sa pensée, le sujet principal des réflexions de M. Barrès. Il partit en février 1895, pour faire en Belgique une suite de conférences sur le « Prolétariat des Bacheliers, » conférences interrompues par la démission de Casimir-Perrier. L'essentiel de ces conférences est devenu depuis un des beaux chapitres des *Déracinés*. Dans les premiers numéros de la *Cocarde*, M. Barrès écrivait :

« Voyez ces pauvres enfants, dans les lycées, sous les programmes, sous cette épouvantable pression qui non seulement arrête tout court leur perfectionnement intérieur, mais encore les empêche de rester soi. La scolastique, où tout jeunes on les plonge, établit entre eux tous, je ne sais quelle triste ressemblance.....

« Egoïstes intelligents, ils ne sont pas capables d'une association franche et généreuse ; avec les idées, ils ne sont pas plus capables de contact qu'avec les hommes. Toute leur vie, ils se contenteront des formules qu'on a mises dans leur mémoire quand ils étaient petits. Au fond de ces cœurs resserrés, elles ne sont que des mots secs et inféconds. Et pourtant ils n'admettront jamais qu'on les révise. De nos constitutions politiques, dont ils ne sentent même plus l'ancienne utilité, ils sont par habitude d'esprit les esclaves. Ils regardent avec épouvante et dégoût les masses monter derrière eux à la conquête de la vie. Ces masses les effrayent, et ils ne les comprennent pas.....

« Aussi bien que les travailleurs harassés par un labeur excessif, les jeunes riches sont des isolés. Chez les uns, comme chez les autres est arrêté le développement harmonieux de l'individu, l'expansion de ses forces et de ses affinités. »

TABLE DES MATIÈRES

IMP. RÉPESSÉ-CRÉPEL ET FILS, ARRAS